雅众
elegance

智性阅读
诗意创造

我看见，
我倾听，
我思索……

QUEL CHE HO VISTO,
　　UDITO,
　　　　APPRESO...

[意] 吉奥乔·阿甘本 著　　王立秋 译　　南京大学出版社

雅众文化 出品

"清晨带着这种微小的欢乐醒来,
听它低声呼唤友爱。"

目 录

我看到的，听到的，学到的…… / 1

我没看到的，没听到的，没学到的…… / 63

附 录 / 75

我看到的，听到的，学到的……

在圣贾科莫德奥里奥教堂，我听到了钟声。在虔诚的人选择用来召唤他们的人民的两种方式——人声和钟声——中，后者对我来说是如此熟悉，以至于我听到它就会感到温柔。人声太过直接，召唤我时近乎冒昧。钟声则不会传出需要理解的话；它们不"召唤"，更不召唤我。它们陪伴我，用躁动的响声包裹我，然后和响起时一样毫无理由地，毫不突兀地消失。不必说话就可以把一些东西说出来，这就是我在圣贾科莫德奥里奥教堂所听到的。

在罗马，我听人说，地球是某个未知星球的地狱，我们的生活是那里被遣入地狱的人（i dannati）因罪而受的惩罚。可要是那样的话，天空、群星和蟋蟀的歌唱又是怎么回事？除非这样想：为了让惩罚变得更加残忍、更加微妙，地狱恰好被放进了天堂。

在慈悲之主寺[1]，就在寺门口，我看到一只轻盈、犹豫、神圣的小羊。她在质询地看了我几秒钟后，很快又跑了起来。

---

[1] Grishneshwar，位于印度马哈拉施特拉邦，是湿婆神的十二个究提林迦（Jyotirlinga）寺庙之一。——若非特别说明，本书脚注均为译注。

从乔瓦尼[1]那里,我学到了:人可能爱上自己的错误,以至于把它们变成生的理由——可说到底,这意味着对我们来说,真理只会作为死的意志出现。从巴什拉那里,我学到了:没有什么第一真理,只有第一错误。真理总是最后的,或近乎最后的。

---

[1] 即乔瓦尼·皮科·德拉·米兰多拉,意大利文艺复兴时期哲学家,其著作《论人的尊严》被称为"文艺复兴宣言",也是基督教卡巴拉传统的奠基者。

在希克利，我看到石头比肉体更软，干草比太阳更明亮。圣母玛利亚骑马用剑把否信者（gli infedeli）穿成肉串。我还看到在卫城上，圣马太教堂等待着某个永远不会发生的东西。

在世界每一座城市中的每一个地方，我都看到人们污蔑、指控彼此，并因此受到没完没了的、毫不留情的审判和谴责。

从灵知派的亚比利[1]那里,我学到了知识——甚至是关于人的知识——并不存在,如果它存在并一直保持原样的话,那么它也就不重要了:唯一重要的是"受动"(l'esser mossi),是它对我们的推动。

---

[1] Apelles,2世纪基督教诺斯替派思想家,原是马吉安最著名的弟子,后出走至亚历山大利亚,与能见异象的伴侣斐鲁美娜(Philumena)开创出自己的独特学说。

在格雷梅,在圆顶教堂,我看到了圣人的脸。看到他,你就会情不自禁地相信他。有一个词也这样,听到它,你就会情不自禁地相信它是真的。

从英格博格[1]那里，我学到了：我们生活的城市就像语言，它有自己古老和谐的中心，周围和外面则是加油站、交通枢纽和可怕的郊区。我还学到了：我们必须像接受我们周围的坏语言那样接受它的丑陋，这样，也许有一天，我们会找到那个完美的城市，那门尚未君临的语言。出于这个原因，我们没法知道我们为什么会在那个地方生活，为什么会说那门语言。

---

[1] 即英格博格·巴赫曼（Ingeborg Bachmann），20世纪奥地利诗人、作家。

一天夜里，在威尼斯的扎泰雷码头，看着腐臭的水来回拍打城市的地基，我明白了，我们只存在于我们的存在的断续之间（intermittenze），我们所谓的"我"只是一个一直在离开又出现，几乎没有注意到自身之消散的影子。我们身体的整个机器都只服务于一个目的，那就是为这个"我"提供呼吸的间隙和反转——这个"我"就活在呼与吸的间隙和反转之中。他是其自身缺席的代祷者。他是不可遗忘的。他既不活着，也不说话，而只因为他，才有了日期、生活和（人们说出的）话。

从斯宾诺莎那里，我学到了，我们有两种看待事物的方式：在神身上看它们，把它们视为永恒；在时空中认识它们，把它们看作受限的、有限的，仿佛与神切断了联系。但真正爱一个人，意味着同时在神身上和在时间中看他们。既看到他们此时此地"存在"（esistere）的柔弱似影，也看到他们在神身上之"是"（essere）如琥珀、水晶般稳固晶莹。

在蕨湾（Cala Felci），在露西娅·罗莎礁（faraglioni di Lucia Rosa）[1]，在地狱湾（Cala Inferno），我盯着色彩，也就是幸福，看了很久。

---

[1] 位于意大利蓬扎岛的西北面，纪念的是一位因被父亲逼迫嫁给一个她不喜欢的有钱人而投海自尽，被后世视为烈士的少女，蕨湾和地狱湾都是蓬扎岛的峡湾。

在阿旃陀，在凿进峭壁的庙宇的微光中，我看到了佛陀的脸。他结跏趺坐讲学。在我的眼睛开始感受到石头发出的金光的时候，我明白了沉思的意义，不只是让心智停止运作，也要让身体停止活动。在沉思的瞬间——永恒——人不再有身心之分。这，便是极乐。

从福音书中，我学到了：人不可以己度人，而应彼此相爱；依一己之见做出的评判，是他们每一次走出爱时招致的惩罚。

从佛朗哥[1]那里，我学到了：重要的不是"仿佛"（come se），而是"仿佛不"（come se non），"仿佛我们不是天国"。那些想让我们满足于"仿佛得救"的人是在误导我们，使我们看不到唯一重要的真相：我们已经是天国了。按道德[2]的说法，"因为我们不是天国，所以我们必须这样行动，仿佛我们就是天国"。但义人会说，我们就是天国，可正因为这样，我们才这样生活，仿佛我们不是天国，仿佛天主除我们之外没有别的路。

---

[1] Francisco Franco Bahamonde，西班牙独裁者，西班牙内战时期民族主义军队领袖，在推翻民主共和国后统治西班牙30多年。
[2] 即社会通行的道德标准、道德风俗，与下文义人之公义、正义相对。

在魏玛,我看到布痕瓦尔德是如此近,以至于在记忆中,它和歌德的房子混到一起,再也分不开了。[1]

1　歌德和魏玛共和国被法西斯利用。布痕瓦尔德集中营由纳粹在魏玛附近建立,是德国最大的集中营。

从安娜·玛利亚·奥尔特塞[1]那里，我学到了：我们写作是为了逃避成年的生活，重建幼儿期的天堂。可最终，当我们找到并拼读出儿时的童谣，这（个举动）又让我们变回了痛苦的成年人。

---

[1] Anna Maria Ortese，20世纪意大利著名小说家、诗人和游记作家。

在威尼斯，我看到人是木乃伊，城市是一个幽灵。所以城市比人更有活力——尤其是在晚上。

在勒托尔，1966年，我看到夜空被无数星星穿透。我许诺对它保持忠诚。在同一个地方，同一年，我刚好在西方哲学永远地消失之前，抓住了它最后的衣摆。[1]

---

[1] 1966年，阿甘本在勒托尔参加了海德格尔的几次研讨课。阿甘本后来回忆说这对他来说是一次与哲学相遇的"决定性的体验"。参见 Agamben, Giorgio. "I ricordi per favore no. Conversazione con Giorgio Agamben" (intervista di Roberto Andreotti e Federico De Melis), sabato 9 settembre 2006 (anno XXXVI, n. 212), ‹Supplemento 'Alias'› (anno IX, n. 35): pp. 2-5 e 8 [Il Manifesto, Roma]。

在巴黎，我看到最不宽容的宗教就是世俗主义（il laicismo）[1]，女孩头上包的头巾都能比杀死她的警察更让人震惊。

---

[1] 特指法国的世俗主义，即法语所说的"世俗性"（laïcité）原则。不同于常见的 secularism，法国的世俗主义强调国家要把宗教可见性排除到公共领域之外。

从印度哲学家那里，我学到了：每一次转世，灵魂都会忘记自己的前世，但在最后一步，当它变成苔藓，苔藓会记得它还是人的时候。

在图西亚的墓地，在凿进卡帕多奇亚峭壁的教堂，以及多年前，在拉斯科，我看到在洞穴和精神之间有着一种直接的联系，它与联合天空和心智的联系一样强。

通过写作，我学到了：幸福不在于写诗，而在于被某个我们不知道的东西或人写进诗里。

在维也纳，多年前的一个夏天，在和一个朋友聊天的时候，我明白了，配得上我们身上的那一份"好"固然重要，配得上我们的卑污也同样重要。只有第一件事能给我们接受第二件事的力量，也只有意识到第二件事才能让第一件事成真。

从幼儿期，我学到了："话"是我们还不说话时留下的唯一遗物。我们失去了其他的一切——但"话"是保存那段记忆的祖传遗物，是让我们可以短暂地回去的小门。

从爱留根纳[1]、埃利亚·德尔·梅迪哥[2]、巴拉格[3]和斯宾诺莎那里,我学到了:关于神唯一合理的学说是泛神论。泛神论说的不是神与自然的惰性同一,而是神在事物中、事物在神身上的形成与变化。通过创造自己,神创造了世界;通过创造世界,神创造了自己,并"开始在他的各种'神显'(teofanie)中显现,他寓于万物又无处不在,既是创造者又被创造,既见证又被见证,既是实体又是偶性……既在一切创造的造物之上又在一切被造的造物之中",在自然化的同时也被自然化。在样式中,神丢失了,在神身上,也不再有样式。唯有这种消散,这种他者中独一者(uno)的消失和对独一者的遗忘、独一者身上他者的消失和对他者的遗忘,才是真正神圣的。

---

[1] John Scotus Eriugena,又称苏格兰人约翰、爱尔兰出生的约翰,9世纪爱尔兰新柏拉图主义哲学家、神学家和诗人。
[2] Elijah Del Medigo,15世纪犹太哲学家,自认是迈蒙尼德的追随者,但其著作有浓厚的伊本·鲁世德色彩,以对伊本·鲁世德的翻译和评注而著称,对文艺复兴早期意大利柏拉图主义者影响巨大。
[3] Isaac Albalag,13世纪犹太哲学家,亚里士多德的追随者,以对安萨里的翻译而著称。

我从卡瓦菲斯那里学到：我们留下的作品有没有人读、有没有人理解不重要。重要的是有一天，会有像我们一样的人没有障碍地、自由地过我们努力过的生活，做我们努力做的事：

> 也许不值得花那么多心思
> 和努力来发现我到底是谁。
> 以后，在更好的社会中，
> 肯定会有像我一样的人——
> 自由地——出现、活动。[1]

---

[1] C. P. Cavafy, "Hidden Things", *C. P. CAVAFY: Collected Poems* (Revised Edition), translated by Edmund Keeley and Philip Sherrard, edited by George Savidis, Princeton University Press, 1992.

在阿尔贝罗尼,我看到一个小女孩的脸和姿势,它们都像天使一样沉默,从那时起,我就一直在尝试但不试图去理解。因为解开谜团的钥匙肯定就在那张脸上,但你一试图对它伸手、转动它,你就迷失了。在那张脸上,在那个姿势中,我度过了不耐烦地等待的一生。

从马扎里诺[1]那里，我学到了：一个人的召命（vocazione）也是他自己的极限（limite）。就在我们最有灵感、相信自己造诣最深的地方，我们也知道了自己的极限。这就是为什么能质疑并尽快解除自己的召命很重要。

---

[1] Santo Mazzarino，20世纪意大利历史学家，以对古罗马史的研究而著称。

从何塞·贝尔加明[1]和我爱的哲学家们那里，我学到了：喜剧比悲剧更真实，纯真比罪更深刻。从悉达多王子那里，我学到了：有罪的行动，即"业"（il karman），的确存在，但不存在可以承担业的主体，即"我"（l'ātman）。从艾尔莎[2]那里，我学到了：如果你毫无保留地相信虚构，那么一切都会成真。

---

[1] José Bergamín Gutiérrez，20世纪西班牙作家、散文家、诗人和剧作家。
[2] Elsa Morante，20世纪意大利小说家、诗人、翻译家和童书作家。

我从爱中学到了什么？亲密关系像一个政治实体，否则人就不会这样行动，仿佛分享它是世界上最宝贵的"好"（il bene piú prezioso）了。可它又被排除在政治之外，被留给女人来照顾。看起来，女人更懂亲密关系。这证明了我们生活的社会无可救药的性别主义和矛盾。

在巴黎，在博纳尔[1]的画中，我看到了色彩作为神魂超拔（estasi）的形式，也是智力和建设性的理性：与人们通常认为的相反，"线是感觉，色彩是推理"。智力不只是一个认知原则：它骨子里是带来欢乐的东西，是如但丁所说的"贝雅特丽齐"（beatrice，赐福）。这就是为什么它能像赋予生命形式一样赋予油画形式。

1　Pierre Bonnard，法国后印象派画家、版画家，也是先锋艺术团体纳比派的创始成员。

从关于荷马之死的传说中，我学到了：人和语言之间的斗争是一场死斗，语言的存在给人出的谜是解不开的。同时，它从根本上说又是一个孩子的谜，就像渔民家的小孩在海边给诗人出的谜[1]一样。

1　传说荷马不知道自己出生在哪里，于是到德尔菲神庙求神谕。神谕告诉他："伊奥斯岛是你母亲的故乡，也将是你的归宿；但要小心小孩的谜。"荷马晚年时碰巧也去了伊奥斯岛，他在海边看到当地几个渔民家的小孩打鱼回来，就问他们抓到了什么。小孩们用谜语的形式回答说："我们把抓到的扔掉了，把没抓到的带回来了。"在荷马尝试解开这个谜的时候，他想起那条神谕并意识到自己死期将至。他也真的在解谜过程中滑倒，撞到了头，死了。一说这个谜语的谜底是"虱子"。

从安达卢西亚人伊本·鲁世德[1]那里，我学到了：理智是"一"（unico），但这不意味着每个人都在思考同样的东西——毋宁说，在我们思考"真"（il vero）的时候，意见的"多"（la molteplicità）消失了，而最终，思考的也不再是我。然而，"不再是我"不只意味着我曾经在那里，也意味着在某种意义上说我依然存在，因为那个安达卢西亚人说，我不是通过思想，而是通过想象的幻觉和欲望与独一者连接。思想是独一者的，并不属于我，而想象只属于我。这也是阿拉伯建筑的意义：个体的想象就像装饰清真寺墙壁的斑驳瓷砖，或泼洒在墙上，从细缝渗入寺内，写出一个单一、复杂的阿拉伯花饰的光。

1　Ibn Rushd，12 世纪著名阿拉伯哲学家、教法学家、医学家和自然科学家，也以拉丁化的名字阿维洛伊（Averroè）著称。

从我同时代的意大利同胞那里,我学到了分心(la distrazione)。我在哪里都找不到专注(attenzione)。

在镜中，我看到我们与自身之间有一个刚好可以用我们认出自己影像所需要的时间来测量的小差距（scarto）。从这个微小的口子（varco）里产生了全部的心理，还有我们的神经症与恐惧、自我的胜利与失败。要是我们即刻（istantaneamente）认出自己，要是没有那一小段转瞬即逝的时间（fugace intermezzo），我们就会像天使一样，完全没有心理了。也就不会有讲述角色认出和否认自己所需要的时间——这就是心理——的小说了。

从菲奥雷的院长[1]那里，我学到了："新"绝不会通过"旧"的毁灭到来，因为来的时代不会消灭去的时代，相反，前者会完成后者中包含的形象。世界的时代像叶、茎、穗一样相继。

---

[1] Abbate da Fiore，即菲奥雷的约阿希姆（Joachim of Fiore），12世纪意大利神秘主义者、神学家、圣经评注家、历史哲学家和菲奥雷的圣乔瓦尼修会的创始人。

从我漫长的闲散时光中，我学到了：沉思沉思的是什么。不是"此处之外"，那里没东西可沉思，也不只是此处之物，它们只能被爱或被恨。沉思沉思的是感觉中的感觉，心智中的心智，思想中的思想，话中的话，艺术中的艺术。这便是沉思的快乐之处。

从巴霍芬[1]那里，我学到了：神话是对一个符号的评注[2]（l'esegesi），且这个评注只能以故事的形式发生。然而，我们的神学家如此不懂得讲故事，以至于他们把耶稣的故事——这个故事是如此美妙，如此轻盈——变成了死的信物[3]，这个信物对他们来说意味着"我信"，也就是说，一套教条。

---

1 Johann Jakob Bachofen，19世纪瑞士古文物研究者、法学家、语文学家、人类学家和巴塞尔大学罗马法教授。
2 指对经典文字的注解，在宗教中是一门专门的学问，如解经学、经注学。
3 Symbolon，指信物的一半，通常是一个被折断的东西的一半，给人当作辨认的记号，通过把被折断的部分拼在一起来确认物件持有者的身份。在基督教中，它被引申为信徒间用于彼此辨认和共融的标记，即对信仰的宣认，也被称为 credo（即"我信"），因为这些对信仰的宣认的第一个词都是"我信"。这些宣认合在一起就形成了"信经"（Symbolum fidei）。

水教给了我什么？在某种程度上失去立足点，身体几乎在不想要的情况下沉溺于游泳时的快活。

从伊壁鸠鲁和法洛[1]那里,我学到了:只有最低程度的快感,那种和感觉下限一致的快感,那种简单、日常的存在感才重要。清晨带着这种微小的欢乐醒来,听它低声呼唤友爱。

---

[1] Jean Fallot,20世纪法国哲学家。此处指他的著作《伊壁鸠鲁哲学中的快乐与死亡》(*Il piacere e la morte nella filosofia di Epicuro*, Einaudi, Torino 1977)。

从卢克莱修那里，我学到了：众神生活在一个居间的世界，生活在事物的间隙中；上帝不只住在细节里，还首先住在把每个事物与其自身分开的小差距中。生活和成神的艺术意味着有能力居于门而非屋，居于边缘而非中心——一言以蔽之，意味着对光环而非神圣性感兴趣。

在剧院，听着卡拉斯[1]，我明白了：在我们写作的时候，最难的事是在最高的音区长时间地保持半声。

---

[1] Maria Callas，20 世纪著名的美国籍希腊女高音歌唱家。

在佩特森[1]那里，我读到了：犹太人因为他们的"不相信"延迟了天国的到来。这意味着在教堂（la Chiesa）和会堂（la Sinagoga）之间有一种隐秘的、背地里的团结，因为可以说二者都在延迟天国的到来，而它们的存在就基于这个延迟。仿佛天国是一列会迟到的火车。恰恰相反：延迟，也即历史，才是那列火车，神父和拉比们千方百计地不放我们下车，不让我们看到我们早就已经到了，我们一直就在站上。

1　Erik Peterson，20世纪德国天主教神学家。

我从诗歌里学到了什么？政治的任务和政治的强度只能通过语言来传达，这个任务——虽然它极为平常——不能被任何人指派，它只能由诗人代替缺席的人民来承担。今天，没有其他可能的政治了，因为只有通过诗对语言的强化，缺席的人民才会——在一瞬间——出来帮忙。

从艾尔莎那里，我还学到了：只有作为一种戏仿，纯真才是可能的；这也是唯一可能修复受损的幼儿状态的方式。如果你把虚构变成你唯一的现实，那么你会找到确定性，但你也会失去全部希望。

从热爱又不得不离开的地方，我学到了：如果你像童话里的巨人一样把你的心藏在那里，你当然会变得无懈可击，但你也会冒这样的险。你将永远不得不记住，也就是说，回到你想隐藏的那颗心，并因此再度变得脆弱。

从圣维克托的于格[1]那里，我学到了："觉得故乡可爱的人是娇弱的，觉得每一片土地都是故乡的人是强大的，但只有觉得整个世界都是一场流亡的人才是完满的。"需要补充的是，这场流亡不涉及另一个故乡，一个在天上的故乡；相反，就像古人指出的那样，它指的是一个在哪里都独在（è solo，或在哪里都是一个人）的人的状态，或者，按现代人的词源来说，它指的是一个找到出路（via d'uscita）的人的状况。

---

[1] Ugo di San Vittore，12 世纪萨克森教士、神学家。

从柏拉图的风格中,我学到了:哲学需要神话,不是因为它更接近真理,恰恰相反,是因为它对真假漠不关心。"话"宣称自己是在陈述全真(或全假)的命题,而神话则是这一宣称的解毒剂。如果命题中谈论的是理念,那么,就不能像他那个机敏[1]的弟子要做的那样,要求它要么是真的、要么是假的了。柏拉图指出,只有那种因为也包含神话的补充,所以能够同时说出"整个'是'(intero essere)的真与假"的话语,才是哲学的。

---

[1] 原文 malizioso 一词有调皮、捣乱、恶作剧的意思。这里指的应该是亚里士多德,译文按英译本使用的 shrewd 选择了更偏褒义的意项。

从 20 世纪，我学到了：我肯定属于它，我离开它，走进 21 世纪，只是为了换口气。可这个时代是如此让人无法呼吸，以至于我马上又回去了——不是回到 20 世纪；而是回到一种时间中的时间，我没法把这种时间放进年表，但它是我现在感兴趣的唯一一种时间。

从卡夫卡那里，我学到了：有救赎，但不是给我们的；也就是说，我们只有在不再关心获救的时候才会得救。就像我们不惜一切代价想去某个地方，然后在路上，走着走着，活着活着，我们就忘了。如果有人告诉我们已经到了，我们也会耸耸肩，仿佛这一切与我们无关。

在蓬扎，我听到不识字的女人吟唱她们只能通过口头传统了解的《圣经》。我看到，不识字的人比那些号称会读书写字的人好太多了。

从方济各那里，我学到了："简单、纯粹地说，写……并同样简单而不加修饰地理解。"另一方面，我们却只会互加修饰。

在普洛斯彼罗的岛上，我学到了：就像那位巫师必须在某个时刻告别爱丽儿和他的咒语那样，最终诗人也必须对自己的灵感说再见。当然，生活会因此失去它的魅力。但如今取代爱丽儿位置的沉默天使名叫正义。

换言之：哲学就是诗人使灵感与正义相一致的努力，如此艰难，以至于几乎没人成功。

从共同生活（vivere insieme）中，我学到了：他者的存在是一个没法解决、只能分享的谜。分享这个谜，人谓之爱。

哲学教给了我什么？"是"（essere）人的意思，是记得还不"是"人的时候；人的任务，是记住"还不'是'人的"（non ancora umano）和"不再'是'人的"（non piú umano），即幼儿、动物、神。

从木偶师布鲁诺·莱昂内[1]那里，我学到了：他的艺术的秘密就在于传递木偶普尔奇内拉的声音。但这不是声音，而是一种口笛乐器"皮维塔"（pivetta）[2]——一个缠线的小片轴，木偶师把它贴在上颚，让它像簧片一样振动，发出明显的、像鸡叫一样的啼叫声，孩子们很喜欢这种声音。这意味着，诗——一切艺术——都是在传递一种声音。但诗的声音实际上并不存在，因为我们所说的诗的声音，实际上只是你在某个时刻放到嘴里，并且不得不用孩子的小把戏来掌控的那个东西。

1　Bruno Leone，意大利著名传统普尔奇内拉木偶戏大师，被认为以一己之力抢救了那不勒斯的街头木偶戏艺术。
2　一种含在嘴里，放在舌头与上颚之间的变声小装置，作用近乎双簧管的簧片，在不同地区有不同的名字。

在吉诺斯特拉，驴子让我想到，对古人来说，它属于维纳斯的神秘；驴子首先是仪式动物：asinus mysteria vehens，承载神秘的驴。人在面对神秘的时候，要么装腔作势，要么崩溃；要么拔高自己，要么贬低自己；而动物性则意味着，不大惊小怪地——直接地，略带悲伤地——承载神秘。

和鸽子一样,我们被放出方舟,去看看大地上还有没有活物,哪怕只叼回一根橄榄枝也好——但我们什么也没找到。然而,我们也不想回到方舟上。

我没看到的，没听到的，没学到的……

多年前,我母亲把她收在抽屉里的、我小时候写的东西拿给我读。它如此让我不安,以至于我不得不立刻把目光移开。在当时的我看来,那张纸上精确描述的东西,显然就是我思想的秘密核心。一个八九岁孩童犹豫不决的手,竟然能这样精确地找到我——他——未来的书都只是在缓慢、费力地展示的那个最私密、最复杂的结。我把纸递还给母亲,什么也没有说,从此再也没见过那张纸。我想我再也找不到它了,但我知道,我的秘密也随之丢失。关于它,我留下的唯一记忆是,它像是中心处的空无(un vuoto centrale)、某种悬置或间隔,仿佛纸突然变得空白。仿佛在我试图经历和写作的一切的核心,都有一个完全是空的、完全不可经历的瞬间——甚至只是四分之一秒[1]。

---

[1] 1999年,心理学家丹·韦格纳(Dan Wegner)和塔利亚·惠特利(Thalia Wheatley)做了一系列实验来观察大脑是怎样决策的。他们发现在我们做决定和我们意识到自己在做决定之间有四分之一秒的时间差。参见 Wegner, D. M., & Wheatley, T. (1999). "Apparent mental causation: Sources of the experience of will". *American Psychologist*, 54(7), 480–492。

在那张纸上变成字的东西是如此耀眼，以至于我被迫把目光移开，在心里去除我读到的、几乎用自己的嘴唇拼出的一切。或者更确切地说，就好像那个孩子自己的手——我的手——在我眼前用橡皮擦去了它被委托写下的东西，这样，如今在记忆中留下的只有一片空无、一片空白。我为什么那样急于把那张纸推开？我相信，也许是出于一种难以言喻的嫉妒，当我突然清楚地意识到，孩子的笔迹在那张纸上固定的东西就是我后来试图所说的一切的最终的、不可逾越的表达，并且我永远不可能有希望比得上它。

下文不是要重建那篇文字——那当然也不可能——而是试图反思一种双重的缺失。事实上，那张丢失的纸还包含关于另一个空白的记忆，我的思想就是围绕那个空白展开并变得越来越复杂的。我后来写的一切都只是对那个遗忘——对那张纸的遗忘——的补偿，而如今，那个遗忘又像中心处的空白一样刺穿我写的一切，在一切回忆中标记出一个无法追忆的丧失。那段无法察觉的、失去的时光是我唯一真实的记忆。不过，也许，只要——如果使我太过于冗长的话语成为可能的就是那个没有被说出的东西的话——以某种方式使它保持未知（暗示但不定义；透露但不说出），我就能更接近它。这是对那篇现在已经成为传说的文字，那篇我当时想丢掉、现在却无意识地把它的去失怪到自己头上的文字保持忠诚的唯一方式，或者至少在我看来如此。

但对作者来说，试图把握自己没说的东西是否可能呢？如果可能，代价又是什么？因为作者——如果我们从其拉丁语的"见证者"[1]之意来理解这个术语的话——在不表述的情况下使自己没说的东西显现的方式肯定定义了他所说的一切的品级。的确，可以说，在每一本书中都有一个中心，为了离开这个中心——在不说它、不考察它的同时又在以某种方式见证它，书才被写下来。声称抓住了必须保持不言而喻的东西就意味着失去了作为作者-见证者的品级，而获得了作者-所有者的法律地位。

---

[1] 意大利语的 autore 源于拉丁语的 auctor，此单词有"担保人、证人、保证人"的意思。

这意味着，确切来说，我想思考、想说的一切，在我写的一切中都没有被思考、被说，或只被间接地说到。那无法经历的四分之一秒仿佛嵌入了我经历的一切的中心。也只可能是这样。如果我真的试图跨越伴随一切思想的沉默之阈，我就不会写任何东西了。无论如何，起决定性作用的，是主体和他没说、没经历的东西的伦理关系，是他能写的东西和他只能保持沉默的东西之间不确定的界限。

我们每个人都以一种复杂的状态存在。在这种状态下，一切都向自身内部折叠、包卷，以便在一切表现中隐而不显、在一切"话"中不被表述。但同时，我们也以一种所谓的漫不经心的姿势存在。在这个姿势中，一切都彻底开放并得到解释。我们也必须以这种方式来理解泛神论的这个论题，神身上的一切事物都是复杂的，同时神又在一切事物中展开。这两个现实在每一个时刻都是"同时代的"，如此，秘密总是彻底暴露的，同时，被揭露的东西看起来又沉入自身并几乎被自身淹没，向着一个无法说明的中心移动。

这两个运动——在神身上的和在我们身上的——是相接触的，只是因为再现的缺失，它们才被分开。因此，这么说是对的：神身上和我们身上都没有任何秘密。或者，这么说更好：秘密就是，没有秘密，只有一种自我解释的复杂化，和一种自我复杂化的、向内折叠的解释。当一切再现失败，在接触点上只有喜乐和荣光。但如果就像经常发生的那样，我们再次试图再现它，我们怎么会不这么做呢？——我们又会再一次沉入自身、向自身内部包卷。

因为就像样式会在存在中丢失那样，存在也会在其样式中丢失。在我们看起来在表象中解释自己、在神身上运动的那个时刻，我们忘记和失去了自己，就像在我们身上失去自己的神也忘记了自己那样。失去的东西属于神，然而，根据传说，易卜劣斯——而我们也和他一起——会不停地哀悼失去的东西。

因此，有人正确地指出，无论我们被造的目的是什么，都不是为了成功；分给我们的命运就是失败：在一切艺术和一切研究中皆是如此，就像——尤其是——在过好生活这门朴素的艺术中那样。如果我们能理解的话，我们能做的最好的事情也正是失败。

我寻找的就是这个空无,这种复杂化与sprezzatura[1]、暴露与深渊、半影与荣光之间的有空隙的接触[2],在那里,秘密如此清晰地展示自身,以至于它变得像孩子出的谜或童谣一样简单而猜不透。这就是我的思想包裹的那个核心处的空无——在写作的时候,从一开始我就只能按下不表的那片有福的、不可经历的空白。

1　指一种没有经过钻研的优雅,一种优雅的、不刻意的漫不经心,熟练的淡定和顺其自然。
2　或这个接触中的、这个接触点上的空白。

附　录

风格的理念[1]

卡洛·萨尔扎尼

1. 在漫长而高产的职业生涯尽头，阿甘本无疑是我们时代被阅读和讨论得最多的哲学家之一，但他也是一位频频引发争论，并且从一开始——但在以"Homo Sacer"[2]系列成名后尤其如

---

[1] 本文的一个更早、更短的版本已作为卡洛·萨尔扎尼（Carlo Salzani）和埃尔曼诺·卡斯塔诺（Ermanno Castanò）合著之《阿甘本导论：新修增订版》的结论出版，见 Salzani and Castanò, *Introduzione a Giorgio Agamben*, 2024, pp. 275-281. 感谢卡斯塔诺对该版文字的评论。——作者原注

本文为作者在其著作《阿甘本导论：新修增订版》新增结论的基础上专门为本书改写而成，感谢作者赐稿。

卡洛·萨尔扎尼，意大利哲学学者，意大利维罗纳大学哲学学士，澳大利亚蒙纳士大学比较文学与文化研究博士，曾于欧洲多所大学担任访问学者和客座教授，现任教于奥地利维也纳兽医大学梅瑟利研究中心和因斯布鲁克大学。著有《阿甘本与动物》（*Agamben and the Animal*, Newcastle upon Tyne: Cambridge Scholars Publishing, 2022）、《瓦尔特·本雅明与批判的现实性：论暴力与经验》（*Walter Benjamin and the Actuality of Critique: Essays on Violence and Experience*, Newcastle upon Tyne: Cambridge Scholars Publishing, 2021）等。

[2] Homo Sacer 常被译为"牲人"，也被误译为"神圣人"。张旭在考察诸种可能译法后建议把它译作"被排斥的人"。如果实在要译出来的话，我会把它直译作"被献祭过（所以不能再被献祭）的人"，或尝试把它意译作"被排除式地包含的人"或"界内的界外人"。联系本文不难看出，在阿甘本那里，Homo Sacer 和主权者也构成了类似的两极：主权者实际上就是"被包含式地排除的人"或"界外的界内人"。但我更（接下页）

此——就受到诸多严厉批评的哲学家。他对一切遏制新型冠状病毒肺炎（Covid-19）大流行病的措施的愤怒讨伐所引发的争论，只是再度重演了一直以来与他的哲学研究相伴的那一系列问题而已：每一次，"抽象、被动"和"虚无主义、无为主义"的指控都会引出其思想的"现实性"问题。阿甘本总是以一种对抗性的方式来看待其时代的现实性。如果说，一些批评者认为他关于针对新型冠状病毒肺炎的措施的立场代表了其思想的连贯发展，并因此而谴责他的整个思想[1]的话，那么，在其他批评者看来，这些立场只是一种误解、一种滑坡[2]，就好像它们只是"风格的疏忽"而已。然而，在阿甘本的哲学中，风格问题并非附属的或次要的。在关于大流行病的具体论战之外，"风格"问题还触及了一个点，这个点在阿甘本哲学中始终处于核心位置，并在其晚期作品中起到了越来越重要的作用。

2. 阿甘本在《喜剧》（"Comedia"，最初发表于1978年）中就考察过风格问题。他在文中

（接上页）倾向于按其他语言译本的处理方式保留原文。参阅张旭：《什么是 Homo Sacer?》，载《基督教文化学刊》第45辑 2021年春，第2—20页。

把"悲剧风格"和"喜剧风格"对立起来[3]——这个对立尤其影响了他晚期的著作《普尔奇内拉》(*Pulcinella*)和《匹诺曹》(*Pinocchio*)。然后，在《诗的终点》(*The End of the Poem*)的《序言》中，阿甘本写道，这本书讨论的内容除一开始他、伊卡洛·卡尔维诺与克劳迪奥·卢高菲奥里(Claudio Rugafiori)的期刊计划主要关注的范畴(悲剧/喜剧、律法/创造、传记/寓言)外，还加入了其他范畴，其中就包括"风格/方式(stile/maniera, style/manner)"[4]。而在他之后的一些作品中，风格问题还会在这两个范畴的辩证中回归。从《被充公的方式》("Inappropriata maniera/Expropriated Manner")开始。这篇文章最初发表于1991年，是吉奥乔·卡普罗尼的书《丢失之物》(*Res Amissa*)的前言。在这篇文章中，阿甘本写道：

> 只有在相互的关系中，风格与方式才获得它们超越"专有"与"非专有"的真义。作家的自由姿势沽在这两极之间：风格是充公式的占有，一种崇高的疏忽，一种在专有中对自己的遗忘；方式是一种占有式的充公，一种在非专有中对自己的预感或回忆[……]在每个

伟大作家那里[……]都有一种使自己与风格保持距离的方式,一种把自己充公为方式的风格。确切来说,巅峰的写作就是二者之间的间隔,或更确切地说,就是二者之间的通道。也许,在一切领域中(但在语言中尤其如此),使用(uso/use)都是一个极性姿势(gesto polare/polar gesture):一方面,是占有和习惯;另一方面,是充公和不同一性(non-identità/nonidentity)。"用"(usare/usage)[就它的整个语义场而言,既指"使用"(to use),也指"习惯于"(to be used to)]就是故乡和流亡之间的永恒摇摆,就是栖居。[5]

比如在《火与故事》[6]中,风格与方式之间的辩证就是以这样的形式出现的,但在《对身体的使用》中尤其如此,在那里,阿甘本几乎说出了同样的话[7]。如果"使用"是"以风格和方式、以占有和充公为两极的张力场"[8]的话,那么,以这种使用为基础的模态本体论将是一种"风格的本体论"——事实上,这正是《对身体的使用》第三部分章节之一的标题[9]。在这里,"风格"几乎融入了"品味",这也解释了为什么在 2015 年时,阿甘本会决定把他 1979 年为《埃诺迪百科全书》[10] 撰写的关于品味的词条重新出版为一本书。所谓品味,指的是"每个人在失去作为主体的自己的过程中,把自己构造为'生命的形式'(forma-di-vita/form-of-life)的模式"[11]。阿甘本总结说,"所谓的'生命的形式'与这种风格的本体论对应;它命名的是这样的模式,即单个性在存在中见证自己,以及存在在单个形体中表达自己的模式"[12]。

3. 我强调这些点,不是要为阿甘本在修辞和哲学上的诸多怪癖,甚或是他的"风格的疏忽"正名,而是因为风格是一种与时间性和现实性的本质联系。凯尔文·法尔考·克莱因(Kelvin Falcão Klein)最近的一篇文章[13] 能帮助我们阐发这点。法尔考·克莱因提议通过爱德华·萨义德阐述的"晚期风格"概念这个诠释网格来解读阿甘本出版的最新著作——他主要聚焦于《工作室里的自画像》和《书房》——而阿甘本本人似乎也支持这种解读,在《工作室里的自画像》开篇《阈》的结尾,他针对"晚期性"做了一番思考[14]。萨义德从阿多诺关于晚期贝多芬的一个片段(《贝多芬的晚期风格》）那里借鉴了晚期风格这个概念，并认为其主要特征在于一种持续而顽固的、与自己时代的张力[15]。"晚期风格"，萨义德写道，"就是在当下中，又奇怪地与当下分开"，它强力反对甚至诋毁时代精神，是"一种自我强加的、逃离一般可以接受的东西的流亡"[16]。萨义德在阿多诺本人那里发现了后者分析的贝多芬身上的"晚期"特征，并为这位德国哲学家——虽然阿甘本一直以来对阿多诺少有同情（也许是因为他们太接近了，以至于让他觉得不舒服）[17]——勾勒出一幅稍加调整便可用作阿甘本侧写的画像：

> 他反对生产力这个概念本身，他自己是过量的材料的作者，而这些材料实际上又都不能被塞进某个阿多诺式的（或阿甘本式的）体系或方法。在专业化的年代，他统括一切、写他之前出现的几乎一切。在他的地盘——音乐、哲学、社会趋势、历史、传播、符号学——上，阿多诺（或阿甘本）坦然无愧地显示自己的威势。不对读者做任何让步，不总结，不闲聊，不设有用的路标，也不提供给人方便的简化。绝对没有任何慰藉

或虚假的乐观主义。读阿多诺（或阿甘本）给人的印象是，他是某种狂暴的机器，不断地把自己分解为越来越小的部分。他像细密画家一样嗜爱冷酷的细节：寻找并亮出最后的瑕疵，带着学究的些许得意加以考察。[18]

这种作为一种"与（一个人）自己的时代的凶猛"冲突的晚期性使阿多诺和阿甘本成为一个"当下的不合时宜的、大逆不道的，甚至是灾难性的评论者"[19]。就像《我看见，我倾听，我思索……》中的一句格言说的那样，"从我同时代的意大利同胞那里，我学到了分心。我在哪里都找不到专注"[20]。

4. 阿甘本经常用"流亡"的形象来定义他自己的思想立场——接受一个至少可以追溯到柏拉图和亚里士多德的传统——比如说，在《尤目的的手段》最后的一章《在这次流亡中（意大利日记，1992—1994）》[21]中，他就是这么做的。但他也用这个形象来象征"生命的形式"的本质，在《对身体的使用》的一个章节中，"生命的形式"被等同于普罗提诺的公式"与独在者独在的流亡"[22]。正如我们已经看到的那样，使用和风格总在两极之间摇摆，而流亡也是两极中的一极。作为哲学风格的一个形象，这个"自我强加的流亡"使哲学家（在阿甘本那里尤其如此）永远是一个"晚的"人物，也就是说，使之永远处在与自己时代的不妥协张力之中。这就构成了他的"不合时宜性"[23]，不过，阿甘本更愿意称之为"同时代性"。这个术语定义了《万物的签名》中的"哲学考古"计划，在那里，阿甘本（简要地）用"关于没有经历过的东西的经验"和"关于遗忘的回忆"，也就是说，用与作为"量的积累"的编年时间和历史的分离，用与"时代"的距离来定义作为"与自己的当下同在"的同时代性，因此，"同时代"是一种"罕见而艰难的"状况[24]。后来，阿甘本还专门用一篇题为《何为同时代人？》的重要随笔来定义这种"罕见而艰难的"状况，我们可以认为，《何为同时代人？》在某种程度上说，就是（阿甘本式的哲学的）哲学宣言。这篇随笔是围绕一系列例子和定义搭建起来的，其中的第一个例子来自尼采的《不合时宜的沉思》：

> 尼采本人到某种分离和脱节中去要求"现实性"和他与当下的"同时代性"。

> 真正（与当下）同时代的、真正属于自己时代的人，是那些既不完全与时代吻合，也不调整自己以适应时代要求的人，在这个意义上说，他们"不现实"。可恰恰因为这一状况，恰恰通过这种分离和这种年代错乱，他们才比其他人更有能力感知和把握自己的时代。[25]

这种分离意味着，一个人通过同时与自己的时代保持距离而属于自己的时代，没有这个距离，一个人就不可能真正地看到自己的时代、注视自己的时代。因此，同时代性是"这样一种与时代的联系，即通过某种脱节、某种年代错乱附着于时代"[26]。

脱节和分离使哲学家不会被自己时代的光蒙蔽，并因此能够感知到它阴影的部分，感知到"暗"，感知到黑暗："所有时代，对那些体验到同时代性的人来说，都是'暗的'。确切来说，同时代的人就是知道怎样看这个'暗'的人，他能用笔蘸着当下的'暗'书写。"[27] 不过，"暗"并非简单的光的缺失；神经生理学把眼睛看到的"暗"解释为视网膜中一系列被称为"off 型细胞"

的边缘细胞的抑制被解除的结果。在没有光的情况下，这些细胞被激活并生产出黑暗的视像。因此，黑暗的比喻指的不是某种不活动或被动的形式，相反，它"指一种活动和一种独特的能力。就我们讨论的情况而言，这种能力就是抵消来自时代的光以发现它的'暗'，它特别的黑暗"[28]。如果没有另一个意象来对它加以平衡的话，这个意象可能坐实那些关于阿甘本过于悲观主义，甚至有虚无主义之嫌的指控。这另一个意象来自天体物理学：天空中群星周围浓厚的黑暗，不过是来自最遥远星系的光而已。它的传播速度低于星系本身，以至于永远无法抵达我们。成为同时代人意味着在当下的黑暗中感知这种努力奔向我们却不能抵达的光[29]。在写这篇随笔的20多年前，阿甘本就在《论潜能》（这篇文章就已经使用了off型细胞的神经生理学解释）中，把黑暗称作"潜能的颜色"[30]了，而《散文的理念》中的短文《光的理念》也是这样结尾的："光只是'黑暗'对其自身的抵达。"[31]

分离和不合时宜赋予了同时代性"紧迫"的结构：同时代性"就是在编年时间中运作，催促、压迫和改变编年时间的东西"[32]，并且它是通过把所有时代,把古代和现代,把起源和当下联系起来做到这点的。因此,"同时代性的典型"是弥赛亚时间,是"现在的时间",它改变时代、动员时代,使时代"要求成全"。这意味着:

> 同时代的人不只是那些感知到当下的黑暗,把握到永远不能抵达其命运的人;他也是分开、插入时代,能够改变时代,把时代和其他时代联系起来的人。他能够以不被预见的方式解读历史,根据一种绝不出自他的意志、而是出自一种他无法回应的迫切要求的必然性来"引用历史"。这情况就好像是,这种作为不可见的光——当下的黑暗——把影子投向过去,于是,被这个影子触动的过去获得了回应当下的黑暗的能力。[33]

因此,阿甘本从 20 世纪学到的是这点:"从 20 世纪,我学到了:我肯定属于它,我离开它走进 21 世纪,只是为了换口气。可这个时代是如此让人无法呼吸,以至于我马上又回去了——不是回到 20 世纪;而是回到一种时间中的时间,我没法把这种时间放进年表,但它是我现在感兴趣的唯一一种时间。"[34]

5. 古代哲学家的任务是回到洞穴，"启蒙"他还住在黑暗中的公民同胞。相反，这位作为流亡者的当代哲学家使用了一个圣经的比喻，但把它转向一个悲观的方向："和鸽子一样，我们被放出方舟，去看看大地上还有没有活物，哪怕只叼回一根橄榄枝也好——但我们什么也没找到。然而，我们也不想回方舟上。"[35] 作为流亡者的哲学家在时代的荒漠中找不到任何启蒙（甚至没有任何"活物"），却依然决定在荒原上徘徊。

阿甘本在他的作品中无情地审视我们当下的黑暗，并试图"照亮"它，通过把它和其他时代联系起来，来回应它的挑战。如果我们真想谈论"现实性"的话，那么，阿甘本思想的现实性就在于此：他把当下变成了他自己的作品的"时间"。当然，他的"晚期"知识分子"自我强加的流亡"经常会沦为各种怪癖，而他对时代精神的蔑视，也有模糊总是与当下的黑暗相伴的对光的感知的危险——也许，甚至还会有陷入灾变论之虞。因此，当下提供了包含各种灰度和各种色彩的整个光谱，这个完整的光谱，是光与暗的总体化划分——这也许就是阿甘本"风格"的标志——所不能把握的。就像对任何哲学计划来说那样,讨论和批评阿甘本在其漫长职业生涯中向哲学、向他自己的时代提出的挑战,强调它们的局限、它们的"风格的疏忽"是合情合理的。不过,毫无疑问,他的论题和研究——他的"风格"——也调整和塑造了同时代的很多讨论;而旨在成为"同时代"的哲学,也必须以这样或那样的方式,把阿甘本的哲学考虑进去。

作者注：

[1] 例见Zuolo, Federico (2021), "Salvare o abbandonare Agamben?", in *Il rasoio di Occam*, 24 dicembre 2021: <https://www.micromega.net/salvare-o-abbandonare-agamben/>;Acotto, Edoardo (2021), *Contro Agamben. Una polemica filosofico-politica (ai tempi del Covid-19)*, Scienze e Lettere, Roma。

[2] 例见Di Cesare, Donatella (2021), "Caro Agamben, ora dobbiamo salvare te e la filosofia dal tuo complottismo", in *L'Espresso*, 20 dicembre 2021 <https://espresso.repubblica.it/opinioni/2021/12/20/news/giorgio_agamben_complotto_covid-330912383/>; Salzani, Carlo (2022), "Unauthorized Freedom: Agamben's Anarchism à *l'épreuve* of the Pandemic," in *The Faculty Lounge* of the Paris Institute of Critical Thinking, 20 marzo 2022: <https://parisinstitute.org/unauthorized-freedom-agambens-anarchism-a-lepreuve-of-the-pandemic/>。

[3] Agamben, Giorgio. 1999a. *The End of the Poem: Studies in Poetics*. Translated by Daniel Heller-Roazen. Stanford, CA: Stanford University Press, 1-22.

[4] Agamben, Giorgio. 1999a. *The End of the Poem: Studies in Poetics*. Translated by Daniel Heller-Roazen. Stanford, CA: Stanford University Press, xii.

[5] Agamben, Giorgio. 1999a. *The End of the Poem: Studies in Poetics*. Translated by Daniel Heller-Roazen. Stanford, CA: Stanford University Press, 98.

[6] Agamben, Giorgio. 2017a. *The Fire and the Tale*. Translated by Lorenzo Chiesa. Stanford, CA: Stanford University Press, 8-9.

[7] Agamben, Giorgio. 2015. *The Use of Bodies*. Translated by

Adam Kotsko. Stanford, CA: Stanford University Press, 86-87.

[8] Agamben, Giorgio. 2015. *The Use of Bodies*. Translated by Adam Kotsko. Stanford, CA: Stanford University Press, 87; cf. Salzani, Carlo (2016), "Il proprio e l'inappropriabile. Dialettica dell'uso", in *Giorgio Agamben. La vita delle forme* (a cura di Antonio Lucci e Luca Viglialoro), Il nuovo melangolo, Genova, 35-50; Porceddu Cilione, Pier Alberto (2021), "Hölderlin/Agamben: l'appropriazione poetica del linguaggio", *Aesthetica* 118, 45-60.

[9] Agamben, Giorgio. 2015. *The Use of Bodies*. Translated by Adam Kotsko. Stanford, CA: Stanford University Press, 224-33.

[10] Enciclopedia Einaudi, cf. Agamben, Giorgio. 2017b. *Taste*. Translated by Cooper Francis. Chicago, IL: The University of Chicago Press.

[11] Agamben, Giorgio. 2015. *The Use of Bodies*. Translated by Adam Kotsko. Stanford, CA: Stanford University Press, 231.

[12] Agamben, Giorgio. 2015. *The Use of Bodies*. Translated by Adam Kotsko. Stanford, CA: Stanford University Press, 233.

[13] Falcão Klein, Kelvin (2021), "O estilo tardio em Giorgio Agamben", *Topoi* 22 (n. 46), 77-94.

[14] Agamben, Giorgio. 2017c. *Autoritratto nello studio*. Rome: Nottetempo, 11.

[15] Said, Edward W. 2006. *On Late Style: Music and Literature Against the Grain*. New York: Vintage Books, 25.

[16] Said, Edward W. 2006. *On Late Style: Music and Literature Against the Grain*. New York: Vintage Books, 30, 29, 23.

[17] 参见 Bernstein, Jay M. (2006), "Intact and Fragmented Bodies: Versions of Ethics 'after Auschwitz'", in *New German*

Critique 33.1, 31-52; Morgan, Alastair (2007), "Petrified life: Adorno and Agamben", in *Radical Philosophy* 141, <https://www.radicalphilosophy.com/article/petrified-life>; de la Durantaye, Leland (2009), *Giorgio Agamben: A Critical Introduction*, Stanford University Press, 104-10; Geulen, Eva (2010), "Wirklichkeiten, Möglichkeiten und Unmöglichkeiten: Zum Problem der Lebensform bei Giorgio Agamben und Theodor W. Adorno", in *MLN* 125.3, 642-60; Dickinson, Colby (2017), "Theodor W. Adorno", in Adam Kotsko e Carlo Salzani (a cura di), *Agamben's Philosophical Lineage*, Edinburgh University Press, 219-29。

[18] Said, Edward W. 2006. *On Late Style: Music and Literature Against the Grain*. New York: Vintage Books, 29.

[19] Said, Edward W. 2006. *On Late Style: Music and Literature Against the Grain*. New York: Vintage Books, 29, 22.

[20] Agamben, Giorgio. 2023. *What I saw, heard, learned…*, Translated by Alta L. Price. Chicago, IL: The University of Chicago Press, 37.

[21] Agamben, Giorgio. 2000. *Means Without End: Notes on Politics*, Translated by Vincenzo Binetti and Cesare Casarino. Minneapolis: University of Minnesota Press, 121-42.

[22] Agamben, Giorgio. 2015. *The Use of Bodies*. Translated by Adam Kotsko. Stanford, CA: Stanford University Press, 234-39; cf. Cavalletti, Andrea (2019), "Uso e anarchia (lettura di Homo sacer, iv, 2)", in *Giorgio Agamben. Ontologia e politica* (a cura di Valeria Bonacci), Quodlibet, Macerata, 531-548.

[23] D'Achille, Francesco (2020), "Inattualità di Giorgio Agamben", *Pòlemos* 1/2020, 215-229.

[24] Agamben, Giorgio. 2009a. *The Signature of All Things: On*

Method. Translated by Luca D'isanto with Kevin Attell. New York: Zone Books, 103.

[25] Agamben, Giorgio. 2009b. *What Is an Apparatus? and Other Essays*. Translated by David Kishik and Stefan Pedatella. Stanford, CA: Stanford University Press, 40.

[26] Agamben, Giorgio. 2009b. *What Is an Apparatus? and Other Essays*. Translated by David Kishik and Stefan Pedatella. Stanford, CA: Stanford University Press, 41. 文字的强调格式依从原文。

[27] Agamben, Giorgio. 2009b. *What Is an Apparatus? and Other Essays*. Translated by David Kishik and Stefan Pedatella. Stanford, CA: Stanford University Press, 44.

[28] Agamben, Giorgio. 2009b. *What Is an Apparatus? and Other Essays*. Translated by David Kishik and Stefan Pedatella. Stanford, CA: Stanford University Press, 45.

[29] Agamben, Giorgio. 2009b. *What Is an Apparatus? and Other Essays*. Translated by David Kishik and Stefan Pedatella. Stanford, CA: Stanford University Press, 46.

[30] Agamben, Giorgio. 1999b. *Potentialities: Collected Essays in Philosophy*. Translated by Daniel Heller-Roazen. Stanford, CA: Stanford University Press, 180.

[31] Agamben, Giorgio. 1995. *Idea of Prose*. Translated by Michael Sullinvan and Sam Whitsitt. Albany, NY: SUNY Press, 119.

[32] Agamben, Giorgio. 2009b. *What Is an Apparatus? and Other Essays*. Translated by David Kishik and Stefan Pedatella. Stanford, CA: Stanford University Press, 47.

[33] Agamben, Giorgio. 2009b. *What Is an Apparatus? and Other Essays*. Translated by David Kishik and Stefan Pedatella. Stanford, CA: Stanford University Press, 53.

[34] Agamben, Giorgio. 2023. *What I saw, heard, learned…*, Translated by Alta L. Price. Chicago, IL: The University of Chicago Press, 52.

[35] Agamben, Giorgio. 2023. *What I Saw, Heard, Learned...*, Translated by Alta L. Price. Chicago, IL: The University of Chicago Press, 61.

图书在版编目（CIP）数据

我看见，我倾听，我思索……/（意）吉奥乔·阿甘本著；王立秋译.—南京：南京大学出版社，2025.
1—ISBN 978-7-305-28438-0

Ⅰ.I267.1

中国国家版本馆CIP数据核字第2024BA9170号

出版发行 南京大学出版社
社　　址 南京市汉口路22号　邮编 210093

WO KANJIAN, WO QINGTING, WO SISUO……
书　　名 我看见，我倾听，我思索……
著　　者 ［意］吉奥乔·阿甘本
译　　者 王立秋
责任编辑 章昕颖
特约编辑 廖　珂
策 划 人 方雨辰

印　　刷 山东临沂新华印刷物流集团有限责任公司
开　　本 787mm×1092mm　1/32　印张 3.25　字数 56千字
版　　次 2025年1月第1版　2025年1月第1次印刷
ISBN 978-7-305-28438-0
定　　价 52.00元

网　　址 http://www.njupco.com
官方微博 http://weibo.com/njupco
官方微信 njupress
销售咨询：（025）83594756

* 版权所有，侵权必究
* 凡购买南大版图书，如有印装质量问题，请与所购图书销售部门联系调换

Quel che ho visto, udito, appreso… by Giorgio Agamben
© 2022 Giulio Einaudi editore s.p.a., Torino
Simplified Chinese edition copyright © 2024
Shanghai Elegant People Books Co. Ltd.
All rights reserved.

江苏省版权局著作权合同登记　图字：10-2024-301号